El Propósito de Pete

Escrito por Nola D'Ann Loop

Dedicación

Este libro está dedicado a Huracán, mi hermoso caballo Alazán, que fue mi compañero de carreras de barriles durante más de diez años. Con extremidades rápidas y el corazón de un verdadero corredor, Huracán ganó hebillas, cintas, y dinero en efectivo, pero lo más importante, mi corazón. Huracán nació, creció, y se entrenó en nuestra hacienda durante sus diecisiete años de vida y nos dio alegria a todos. Sé que Dios le ha restaurado la pierna a Huracán para que pueda correr silvestre y libremente a través de los exuberantes prados del cielo. Te extraño Hurry.

Ilustrado por Judy Ortega
Formato de diseño por Mayra Cruz

Nota para padres

El Propósito de Pete fue escrito hace años cuando todavía enseñaba en la escuela secundaria; desafortunadamente, el primer manuscrito fue destruido en 2017. A las 4:30 a.m., mientras mi esposo, mi hija Taylor y yo estábamos durmiendo, "el barndominium", la casa de nuestra familia se incendió. Con sólo unos minutos para escapar, ninguna de nuestras pertenencias se salvaron del fuego. Lamentablemente, ni seis de nuestros queridos perros ni Billy nuestra cabra mascota.

Logré escribir el cuento de nuevo el año pasado ya que este libro infantil se basa en hechos reales. Las imágenes, sin embargo, tomaron más tiempo para desarrollase. En diciembre de 2016, un mes antes del incendio, conocí a Judy Ortega. Ella estaba organizando una reunión de Navidad con las mujeres de mi grupo de estudio bíblico. Esa noche yo fue bendecida de conocer a Judy Ortega. Ella y yo nos hicimos amigas rápidamente, compartiendo un amor por el arte y los caballos. Después de una oración reflexiva, Judy le dio vida a mi narración con los colores intensos y animaciones allegres.

Sinceramente espero que el mensaje de *El Propósito de Pete* le llegue al corazón de cada niño, a medida que aprenden que Dios tiene un propósito para cada uno de sus hijos.

Bendiciones a su familia,

D'Ann Loop

Pues somos la obra maestra de Dios. Él nos creó de nuevo en Cristo Jesús, a fin de que hagamos las cosas buenas que preparó para nosotros tiempo atrás.

Efesios 2:10 NTV

En el sur de Tejas en una hacienda sencilla vive Pete, un hermoso pavo real que como una cuerda para saltar, se la arrasta su cola larga en la tierra mientras se pasea.

Con cada movimiento, la luz del sol toca los colores brillantes del pavo real: cobre, oro, turquesa, aquamarino, e índigo. Pete sabe que sus plumas son maravillosas y por eso camina a traves del corral con su cabeza alta.

"¡OH qué bueno!" Popeye la cabra enana, se queja. "Aquí viene el señor Ostentoso."

"Él sé cree que es el rey de la hacienda," dice la hermosa vaca lechera Besie mientras esta masticando la rumia.

Escondido debajo de las patas colosales de su madre, pía un pollito, "Yo creo que él es bonito."

"Alguien pongaló en un avión de regreso a la India de donde vino," agrega un cerdo gordo detrás de una cerca de madera.

"¡Petuña!" relincha el caballo Huracán. "Él no es de la India. La señora Nola se lo compró del vecino que vive más adelante por el camino."

Pete se pone en el centro del corral y con orgullo anuncia, "Saludos a todos." Se siente como un rey con su bata real que fluye, con su copete de plumas y su larga cola. Pete salta sobre la cerca y mira a la multitud de espectadores.

Él soló tiene unas pocas semanas desde que llegó y ya los otros animales han decidido que Pete no tiene ningún propósito en una hacienda laboral.

Bessi, la hermosa vaca lechera, le da cada día un balde de leche a la señora Nola y su familia. En la hacienda, los magníficos caballos a acorralan el ganado en el gigante pasto detrás del granero. Cada año, cuarenta vacas tienen cuarenta terneros que se venden en el mercado.

Lirio y Betti, las dos ovejas de la hacienda, son esquiladas cada primavera, y su lana se hila para hacer colchas hermosas que mantienen a la familia calientita durante el invierno.

Además, Popeye y su manada de cabras enanas, Rocky, Galletas, y Bili, son gran comedoras de hierba. Petunia la cerda, recientemente tuvo una camada de lechones de colores blancos y negros. La mayoría de ellos serán vendidos por dinero en efectivo, pero varios serán criados para que la familia así tenga carne en el congelador.

Una manada de gansos sirve como guardias honoarios, dan graznidos con la primera señal de intrusos. Gaspar, un cisne negro de Australia, nada graciosamente con Odette, un cisne mudo, y agregan un toque de clase al gran estanque azul.

Diariamente, una manada de diferentes tipos de gallinas dan huevos de muchos colores. Los numerosos patos salvajes graznan en voz alta cuando llegan extraños. Ellos también proveen huevos sabrosos para la familia, pero sólo en la primavera porque las aves acuáticas sólo dan una vez al año.

Buster, un perro pastor, defiende el camino de entrada. Niño Grande, un gran labrador negro, y su amigo Buster, lo compañan diariamente a patrullar los campos. Manchas un perro pequeño y con piel manchada pelea cada noche con mapaches. Las mapaches intentan atrapar a los patos que duermen en el borde del estanque.

Los gatos, aunque pequeños y silenciosos, persiguen a los ratones que roban el maíz para los pollos. Además, los gatos cuidan los huevos contra los ladrones. Por la noches, las ratas y los tlacuaches se roban los huevos de los nidos.

Una hacienda funciona porque cada criatura contribuye algo especial. Los alimentos, la fibra, la protección, y el dinero en efectivo son necesarios para la supervivencia de una hacienda. Pero, ¿qué tiene Pete de ofrecer en este mundo?

Buster decide llamar una junta nocturnal en el corral mientras la familia está profundamente dormida.

"¿Qué vamos a hacer con Pete?" Buster ladra con preocupación en su voz.

"El chico se pavonea como si deberíamos inclinarnos ante él o algo así," se queja Lirio la oveja con un balido disgustado. "Mi lana de alta calidad es mas bonita que esas plumas vulgares."

Manchas, el perro, ofrece a reunir algunos mapaches para secuestrar a Pete, pero la idea era simplemente siniestra.

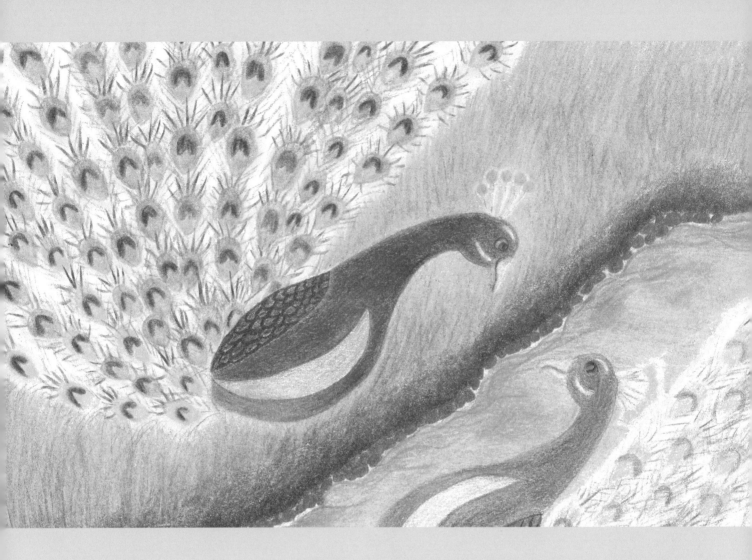

Huracán con una risa disimulada dice, "Puedo convencerlo que camine por el bosque. Mientras mira su reflejo en el río, yo volveré corriendo como el viento a la granja y lo dejaré atrás."

Rocky exclama, "Aunque la cola de Pete mide cinco pies (1.5 m) de largo y pesa alrededor de 8 libras (3.6 kg), todavía puede volar."

"Ayer, yo estaba masticando hierbas y vi el engreído pavo real en la parte superior de un altísimo mezquite en la hacienda. En un parpadeo de ojos, se deslizó como un avión jet y aterrizó en el gallinero," explica Rocky.

Aunque Rocky nunca había dicho una mentira, lo que decía sonaba un poco a algarabía. Si Pete puede navegar como Rocky afirma, probablemente regresara a casa antes que Huracán.

"Se está haciendo tarde y necesito poner a dormir a mis pollitos," bostezó la gallina Perla.

Buster decide terminar la reunión y dejarala para otra noche. Nadie se dio cuenta que Pete estaba arriba en las vigas del granero porque los animales estában ocupados yéndose a sus camas.

Pete se siente deprimido y rechazado por el grupo de animales de la granja y decide huir. La hierba alta en el pasto le hace la caminar difícil, y las sombras oscuras lo asustan.

No podía quedarse en un lugar donde todos lo odiaban. Se encuentra un lugar suave debajo de una mata y se queda dormido.

Pete se despierta en la mañana con el magnífico sol. Piensa en la noche anterior sobre lo que dijeron. *¿Cuál es su propósito?*

Los visitantes admiran los pavos reales en el zoológico por su color y belleza. En la India, él pavo real es reconocido con orgullo como el ave nacional del país y es una especie protegida. Pero en esta hacienda, los animales ven a Pete, el pavo real, como una molestia.

Pete camina con la cabeza baja al igual que su espíritu. De repente, escucha un sonido fuerte de salpicaduras. Se acerca a la zanja de riego y mira por encima del borde. ¡Atrapado abajo en el denso lodo pegajoso esta Huracán!

"¡Dios mío!" grita Pete. "¿Qué puedo hacer para ayudar al caballo?"

Pete se da una vuelta y ve su cola. ¿Qué si Huracán me agarra la cola con su boca, y lo saco de este barro pegajoso?

¿A quién estoy engañando? Huracán pesa 1,000 libras (454 kg) pero yo sólo peso 15 libras (7 kg).

Después Pete tiene una idea mucho mejor. ¡Su voz! ¡La voz fuerte de un pavo real suena como una persona gritando por auxilio, "ACÁ"!

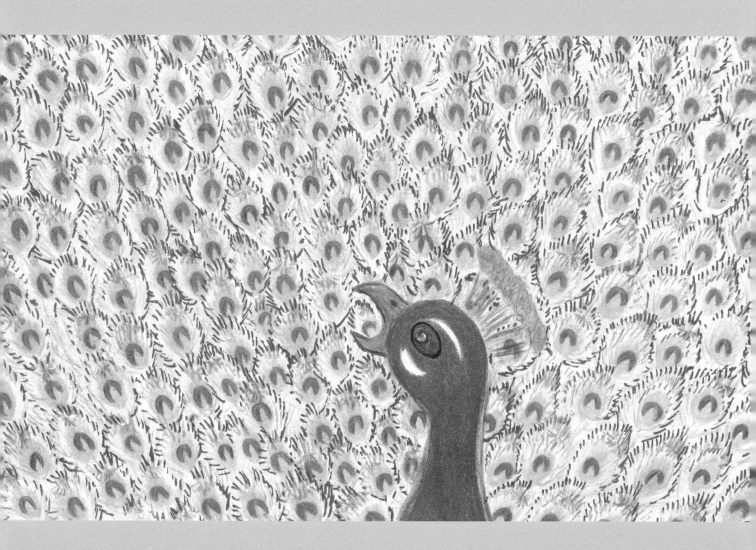

"¡ACÁ! ¡ACÁ! ¡ACÁ!" Pete no deja de gritar. Su garganta esta seca y ronca por tanto gritar, pero Huracán necesita ayuda.

"¡ACÁ! ¡ACÁ! ¡ACÁ!" Finalmente, Pete ve una persona corriendo por el pasto. La señora Nola ve las brillantes y iridiscentes plumas de Pete, y corre hacia la luz.

Pete baila hacia el fondo del banco de la zanja y se sienta en la espalda de Huracán.

El sigue gritando,
"¡ACÁ! ¡ACÁ! ¡ACÁ!"

La señora Nola corre a su casa para buscar a su esposo, el señor Ray. Pronto, el llega a la zanja conduciendo una máquina grande llamada la retroexcavadora. La señora Nola excava en el lodo debajo la barriga de Huracán y envuelve una cinta alrededor del caballo.

Usando el cucharón de la retroexcavadora y una cadena, el señor Ray levanta la cinta de amarre y libera a Huracán de la zanja.

¡BRAVO para el señor Ray!

Porque Huracán está asustado y con frio, la señora Nola tiernamente lo cubre con cobijas. Entonces, la señora Nola lentamente dirije a Huracán de regreso a la hacienda con Pete a su lado.

Después de una buena ducha tibia, el feliz caballo se instala en una cama cómoda de heno.

"Oye Pete," murmura Huracán en voz baja a su nuevo amigo, "Gracias por salvarme."

Y así, Pete encontró su propósito en la hacienda.

Con una voz alta y orgullosa, Pete le salvó la vida a Huracán cuando el grito ACÁ.

¿Cuál es el propósito de Dios para tu vida?

Encuentra tu talento y úsalo para el propósito de Dios.

Vocabulario

p.1] **sencilla =** simple; anticuado

pasea = andar por placer

p.2] **colosales =** grande

p.7] **manada =** un grupo de gansos

intrusos = asaltante o ladrón

p.11] **contribuye =** dar o donar

p.12] **balido =** el llanto de una oveja

siniestra = malvado o criminal

p.13] **risa disimulada =** el sonido de un

caballo; relincho

p.14] **engreído =** auto importante;

algarabía = hablando sin tener sentido

p.16] **rechazado =** cortar, desconectar

p.17] **molestia =** alguien que es molesto

Agradecimientos

• Dios por salvar la vida de mi familia el 11 de enero de 2017 y por darme la paciencia para esperar en el tiempo de Dios, no el mío, para que este proyecto de libro se desarrolle.

• Mi esposo Ray por amarme tal como soy; por financiar este proyecto el 100% del camino; y por aguantar mi comportamiento obsesivo por más de 31 años.

• Judy Ortega por su talento y todas las horas que pasó en oración para prepararse para dibujar las bellas imágenes que dieron vida a Pete y a todos los demás animales de la hacienda.

• Mayra Cruz por su ojo creativo, sus habilidades informáticas y por soportar mis innumerables mensajes de texto.

• Giana Hesterberg por su tiempo y valiosa experiencia con Kindle Direct Publishing.

• Taylor Loop por ser mi fotógrafa y ayudante personal.

• Georgia Blunt por comprometerse en ser mi agente de Marketing.

• Shelby Loop por acompañarnos a Huracán y a mí en innumerables carreras de barriles: tu presencia me dio fuerzas y la presencia de Storm alivió los nervios de Huracán.

• Mi madre, Linda Funkhouser, por ser mi fan número uno.

• Mi difunto padre, Jerry Don Funkhouser, con quien comparti el amor por los caballos y el arte.

• Mi única hermana Audra por ser mi amiga y confidente.

• Todos mis animales de la hacienda que me entretienen a lo diario con sus peculiaridades.

Sobre la autora

[Nola] D'Ann Loop es esposa, madre, y una maestra de inglés retirada. Ella tiene tres hermosas hijas adultas: Georgia Rae Blunt, Shelby Lynn Loop, y Taylor Loop. Ella también es una abuela orgullosa de Callum James and Emorie Rose. Su yerno Bruce Blunt valientemente sirvió a su país en Iraq y Afghanistan.

D'Ann ha estado casada con Ray Loop, un granjero trabajador, por más de 30 años. La pareja reside en una hacienda en Brownsville, Texas, como la de este libro. La colección de animales de la hacienda de D'Ann eran la inspiración para su primer libro infantil, *El Propósito de Pete.*

Al presente está trabajando en un libro de no ficción sobre el trágico incendio de su casa en el que ella y su familia sobrevivieron el 11 de enero de 2017, mientras vivía detrás del muro fronterizo de los Estados Unidos de América. Se puede comunicar con la autora por nolaloop@aol.com.